P9-CAP-409

© Disney Enterprises, Inc.

2005 Produit et publié par les Éditions Phidal inc.

Tous droits réservés

5740, rue Ferrier, Montréal (Québec) Canada H4P 1M7

www.phidal.com

Traduction : Colette Laberge

ISBN : 2-7643-0731-4

Imprimé en Chine

Nous reconnaissons l'aide financière du gouvernement du Canada
par l'entremise du PADIÉ pour nos activités d'édition.

Gouvernement du Québec - Programme de crédit
d'impôt pour l'édition de livres - Gestion SODEC.

Disney

Mes animaux préférés

Phidal

Sommaire

DISNEY

LE LIVRE DE LA JUNGLE

Chapitre 1

Cette histoire a commencé le jour où un bruit inhabituel vint rompre le silence de la jungle des Indes. Bagheera la panthère s'arrêta net, puis chercha et trouva, sur la berge voisine, une barque brisée et, dans cette barque, un panier qui contenait… un petit d'homme !

Bagheera transporta le panier jusqu'à la tanière d'une famille de loups. Le petit avait besoin d'une mère et le village des hommes était trop loin. La louve regarda le bébé. Comme il avait l'air vulnérable ! Elle le prit et l'emmena près de ses petits et de Rama, leur père. Ainsi, Mowgli grandit avec les loups, aimé de sa famille adoptive.

La rumeur courait que Shere Khan, le grand tigre féroce, était dans les parages. Il avait entendu parler du petit d'homme et avait résolu de le tuer. Il détestait en effet tous les humains, parce que leurs feux et leurs fusils le tenaient en échec.

Bagheera eut vent des intentions de Shere Khan. Il offrit aux loups de la meute de prendre soin de Mowgli et de le conduire au village des hommes, là où il serait en sécurité.

« Qu'il en soit ainsi! Il n'y a pas de temps à perdre. Et bonne chance! » répliqua Akela, le chef de la meute des loups.

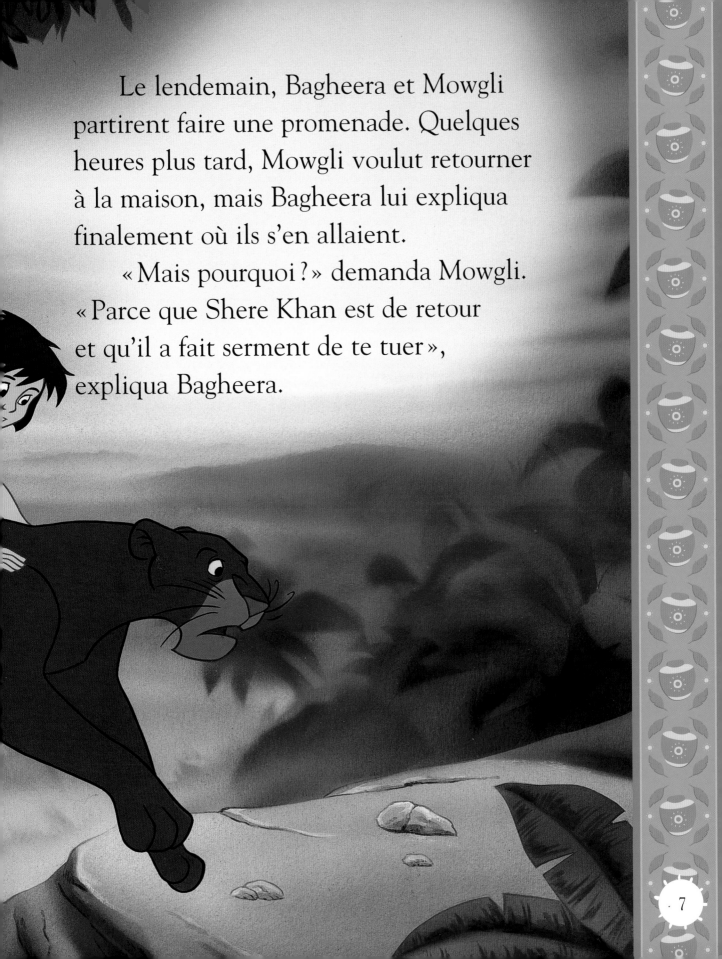

Le lendemain, Bagheera et Mowgli
partirent faire une promenade. Quelques
heures plus tard, Mowgli voulut retourner
à la maison, mais Bagheera lui expliqua
finalement où ils s'en allaient.

« Mais pourquoi ? » demanda Mowgli.
« Parce que Shere Khan est de retour
et qu'il a fait serment de te tuer »,
expliqua Bagheera.

❧ Chapitre 2 ❧

Comme la nuit tombait, Bagheera entraîna Mowgli vers un grand arbre. Au moment où Bagheera commençait à s'endormir, Kaa le serpent apparut. Il se servit du pouvoir de ses yeux pour hypnotiser Mowgli, et entoura de ses anneaux le corps du jeune garçon. Soudain, Bagheera s'aperçut de ce qui se passait. Il frappa Kaa sur le dessus de la tête. Le serpent, furieux, s'éloigna avec un nœud dans la queue.

Le lendemain matin, Bagheera et
Mowgli furent réveillés par un bruit comme
celui d'un tremblement de terre. Quelques
secondes plus tard, une colonne d'éléphants,
dirigée par le colonel Hathi, défila devant
eux en chantant. Le colonel avait organisé
son troupeau comme une armée.

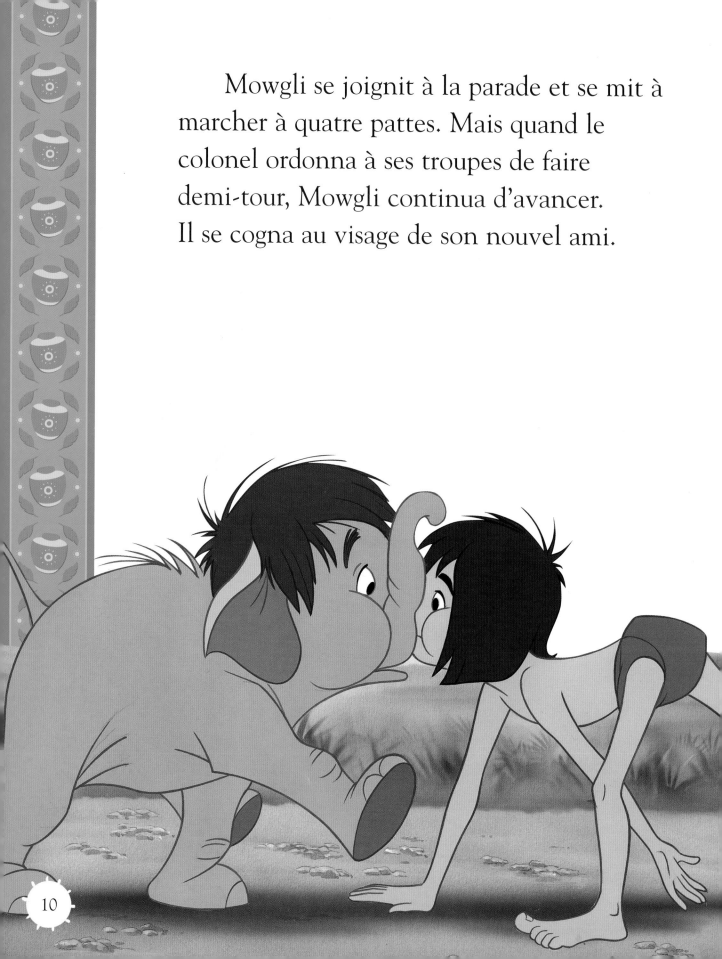

Mowgli se joignit à la parade et se mit à marcher à quatre pattes. Mais quand le colonel ordonna à ses troupes de faire demi-tour, Mowgli continua d'avancer. Il se cogna au visage de son nouvel ami.

« Mais, qu'est-ce que c'est ? » cria le colonel Hathi, furieux, en apercevant Mowgli.

Puis, Bagheera apparut. « Le petit d'homme est avec moi et je l'emmène au village des hommes pour qu'il y reste ! » dit-il.

Bagheera voulut emmener Mowgli au village des hommes immédiatement. Mais le petit refusait d'y aller. Il s'agrippa à la branche d'un arbre et ne voulait plus bouger.

« Dans ce cas, débrouille-toi ! » lui dit Bagheera. Puis il regarda Mowgli s'éloigner dans la jungle.

⚜️ Chapitre 3 ⚜️

Lorsque Mowgli s'arrêta pour se reposer,
un grand ours bon vivant du nom de Baloo
passa par là. Baloo voyait que Mowgli avait
besoin qu'on lui donne quelques leçons pour
apprendre à survire dans la jungle. Il lui
apprit à trouver des mets délicats comme
des fourmis, des bananes et des noix de coco,
le tout sans trop d'efforts.

Les deux nouveaux amis plongèrent dans l'eau et, faisant la planche, ils se laissèrent emporter par le courant. « Tu feras un bel ours un jour », dit Baloo. Mowgli devait admettre que Baloo menait une vie bien agréable.

Mais le paisible voyage de Mowgli,
couché sur la bedaine de l'ours, se termina
brusquement. Un singe se pencha vers lui, le
happa brutalement et l'entraîna dans la jungle.

Chapitre 2

Bientôt, Mowgli se retrouva face à face avec le roi Louie, un orang-outan qui voulait absolument être un homme. Pour cela, il espérait que Mowgli lui apprenne à faire du feu.

Baloo,
avec sa vivacité
d'esprit, se
déguisa en singe
et entra dans la
salle en dansant et
en chantant. Le roi
Louie le prit par la main et
ils traversèrent la cour en se
balançant dans tous
les sens.

Entre-temps, Bagheera essayait de sauver Mowgli. Mais chaque fois qu'il s'approchait de lui, Mowgli s'éloignait en dansant. Tout d'un coup, quelque chose de terrible se produisit. Baloo perdit son costume et le roi Louie était furieux. « C'est l'ours Baloo ! » crièrent les singes.

Dans le sauve-qui-peut général, le temple du roi Louie commença à s'écrouler. Baloo dit à l'orang-outan d'essayer de le soutenir, mais finalement, c'est lui qui finit par le maintenir en place. Baloo dut lâcher le pilier qui soutenait le toit du temple. Ils s'échappèrent tous les trois dans la jungle pour avoir la vie sauve.

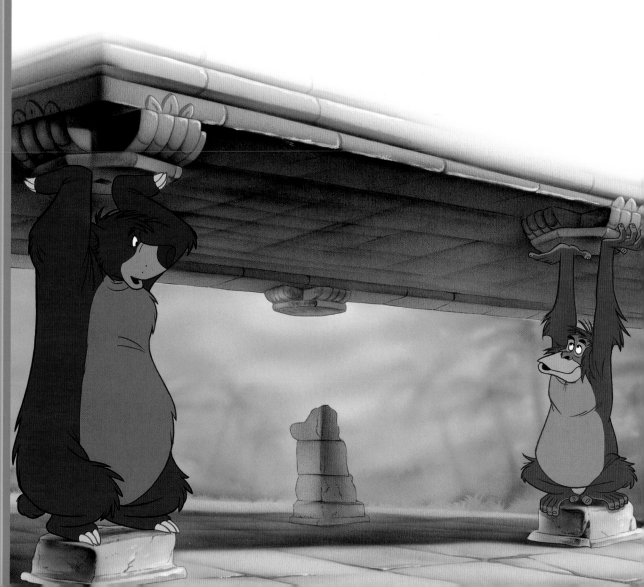

Chapitre 5

Cette nuit-là, Bagheera persuada Baloo que Mowgli était en danger dans la jungle. Quand Baloo dit à Mowgli qu'il était temps de partir pour le village des hommes, le petit se sauva dans la jungle.

Plus tard dans l'après-midi, Mowgli
rencontra quatre vautours qui s'ennuyaient
à mourir. Mais les vautours ne restèrent pas
longtemps à ses côtés. Dès l'instant où ils
aperçurent Shere Khan, ils l'abandonnèrent
et s'envolèrent vers
un lieu sûr.

Shere Khan dit à Mowgli de s'enfuir, mais celui-ci se tint debout devant lui sans broncher. Ce courage amusa Shere Khan, mais il finit par perdre patience et il se précipita vers le garçon toutes griffes dehors. Heureusement pour Mowgli, Baloo apparut et attrapa le tigre par la queue.

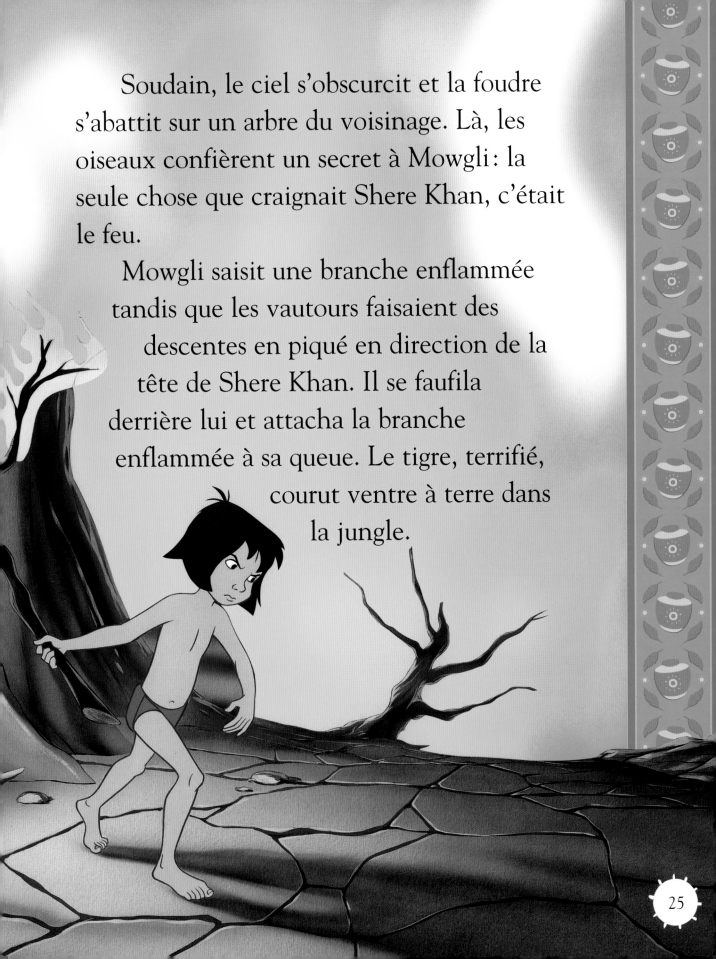

Soudain, le ciel s'obscurcit et la foudre s'abattit sur un arbre du voisinage. Là, les oiseaux confièrent un secret à Mowgli : la seule chose que craignait Shere Khan, c'était le feu.

Mowgli saisit une branche enflammée tandis que les vautours faisaient des descentes en piqué en direction de la tête de Shere Khan. Il se faufila derrière lui et attacha la branche enflammée à sa queue. Le tigre, terrifié, courut ventre à terre dans la jungle.

Quand les vautours arrivèrent pour féliciter Mowgli, ils le trouvèrent agenouillé à côté de son cher Baloo. Au bout d'un long moment, Baloo ouvrit les yeux, en faisant semblant qu'il ne s'était rien passé.

✦◗ Chapitre 6 ◖✦

Entre-temps, Bagheera était arrivé et les trois amis reprirent leur chemin à travers la jungle. À l'approche du village des hommes, Mowgli aperçut une jolie petite fille qui était venue puiser de l'eau dans la rivière. Curieux, il s'approcha pour la voir de plus près. « Je n'en avais encore jamais vu ! » s'exclama-t-il.

Baloo et Bagheera regardèrent Mowgli,
qui prit la cruche d'eau et se mit à suivre la
petite fille. À l'approche du village, Mowgli
se retourna pour sourire à ses vieux amis.

Puis, Bagheera et Baloo chantèrent une petite chanson et retournèrent dans la jungle bras dessus, bras dessous.

Chapitre 1

Madame Adélaïde de Bonnefamille vivait à Paris en compagnie de Duchesse, une magnifique chatte, et de ses trois chatons très doués : Berlioz, Toulouse et Marie.

Madame de Bonnefamille était très fière de ses enfants adoptifs, mais Edgar, son maître d'hôtel, les aimait beaucoup moins. En fait, Edgar détestait les chats.

Un jour, Madame fit venir son notaire, Maître Hautecourt. Entre-temps, Edgar s'était glissé dans la pièce voisine. Le rusé maître d'hôtel avait deviné qu'il s'agissait d'une affaire d'argent. Edgar écouta la conversation. Madame de Bonnefamille voulait léguer toute sa fortune à ses chats ! Edgar était furieux. « Il faut que ces animaux disparaissent », pensa-t-il avec colère.

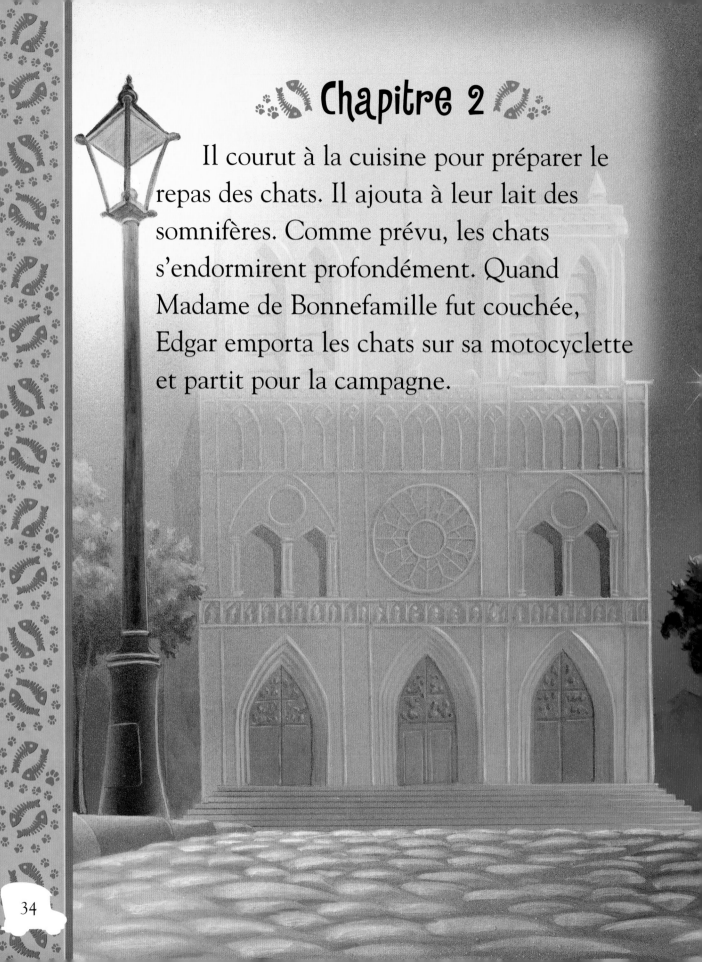

Chapitre 2

Il courut à la cuisine pour préparer le repas des chats. Il ajouta à leur lait des somnifères. Comme prévu, les chats s'endormirent profondément. Quand Madame de Bonnefamille fut couchée, Edgar emporta les chats sur sa motocyclette et partit pour la campagne.

« Je vais les laisser sous un pont », se dit-il. Tout se passa bien, et Edgar était si content qu'il ne vit pas Napoléon et La Fayette, deux chiens de garde d'une ferme voisine, qui le regardaient passer. « Pourchassons ce type », suggéra Napoléon. « D'accord, on va s'amuser un peu », répondit La Fayette.

Les deux chiens suivirent Edgar, en aboyant férocement. Celui-ci poussa un grand cri, sa motocyclette quitta la route et descendit le talus de la berge, à côté du pont. Napoléon et La Fayette étaient à ses trousses.

Il passa sur une bosse et le panier qui contenait les chats vola en l'air, puis retomba en douceur dans les roseaux au bord de la rivière.

Edgar roula à toute vitesse pour
retrouver la sécurité des rues de Paris.

Chapitre 3

Le lendemain matin, Duchesse et ses trois chatons se réveillèrent complètement désorientés. Berlioz, Toulouse et Marie eurent peur. « Que va-t-il nous arriver ? crièrent-ils à leur mère. Où est Madame ? Nous voulons rentrer chez nous ! »

Soudain, un énorme matou apparut devant Duchesse.

« Bonjour, je m'appelle Thomas O'Malley, dit-il. À votre service, Madame. » Duchesse décida de lui faire confiance. Elle lui raconta les événements de la nuit précédente.

« Je ne suis qu'un chat de gouttière, Princesse, mais je ferai de mon mieux pour vous ramener chez vous », lui dit-il avec un sourire

O'Malley décida de
suivre la voie de chemin de
fer jusqu'en ville. À ce moment-là,
le sol se mit à trembler et un bruit de
tonnerre déchira le silence de la campagne.

« Un train ! » s'écria O'Malley. Sans
réfléchir, il poussa Duchesse et ses trois
chatons sous le pont. Ils se blottirent les
uns contre les autres pendant que le train
traversait le pont au-dessus de leur tête.
Tout à coup, Duchesse chercha Marie.
Lors du passage du train, elle avait perdu
l'équilibre et était tombée dans la rivière.

« Miaou, miaou ! » criait-elle, tandis que le courant l'emmenait au loin. O'Malley sauta immédiatement dans l'eau pour la secourir.

En quelques brasses énergiques, il rejoignit Marie et, en la soulevant hors de l'eau, il regagna la rive. Duchesse prit sa fille dans ses pattes.

«O'Malley, dit-elle, des larmes de
gratitude dans les yeux. Je ne saurai jamais
assez vous remercier. Vous avez sauvé la
vie de ma fille.» Marie regarda le matou
et murmura un timide merci.

Chapitre 2

Il était près de minuit lorsqu'ils arrivèrent en ville. Thomas O'Malley suggéra de prendre un raccourci. Ils marchèrent sur les toits qui, pour lui, étaient comme des rues. Ils passèrent près d'une lucarne ouverte. « Écoutez un peu cette musique, s'écria Berlioz. Je n'ai jamais rien entendu de pareil. »

« Arrêtons-nous, proposa O'Malley. Ces musiciens sont mes amis. »

Dans la pièce, il y avait un piano, une
trompette, un accordéon, une contrebasse
et une guitare. Un groupe de chats jouaient
à tout rompre. Timidement, Duchesse prit
la main d'O'Malley. Elle ne tarda pas à
tourbillonner sur le plancher avec le matou.

Mais c'était l'heure de partir pour les amis d'O'Malley. Les aristochats firent au revoir de la main à leurs amis. Puis, Duchesse et le matou sortirent s'asseoir sur une cheminée voisine. Ils pensaient à la belle soirée qu'ils avaient passée ensemble.

O'Malley était triste,
car Duchesse et ses
chatons partiraient
le lendemain
matin. Mais
ils devaient
retourner
chez Madame.

49

Chapitre 5

Le maître d'hôtel fut très surpris de voir que Duchesse et les chatons étaient de retour. Comment étaient-ils revenus ? Mais Edgar ne tarda pas à imaginer un autre moyen de se débarrasser d'eux… pour de bon.

« Ça y est ! Je vais les enfermer dans une malle et les expédier au loin. Cette fois ils ne reviendront jamais, » pensa-t-il. Il saisit un sac et attrapa les chats. Les bêtes miaulaient et gigotaient dans le sac, essayant de s'en échapper.

Edgar avait
emmené les chats à
l'écurie. Il les enferma
dans une malle et se félicita
d'avoir su agir si rapidement.

Chapitre 6

Brusquement, O'Malley lui sauta sur le dos, en sifflant, en grognant. Edgar se défendit, mais sans savoir contre quel assaillant. Tout ce qu'il savait, c'est que quelqu'un le griffait de partout.

Rapidement, les renforts arrivèrent…

Edgar eut l'impression qu'une
centaine de chats l'attaquaient.
En sifflant, en mordant, en griffant,
en grognant, ils le plaquèrent au sol.
Edgar ne pouvait plus bouger.
Frou-Frou, la jument, les encouragea
de ses hennissements. Duchesse et
les chatons étaient sauvés.

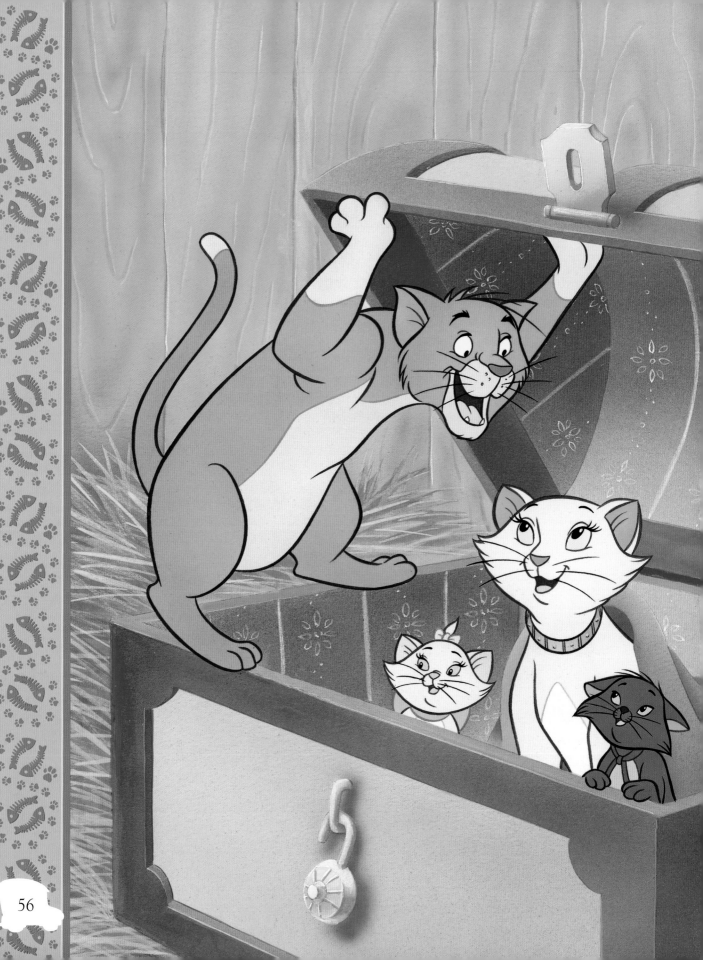

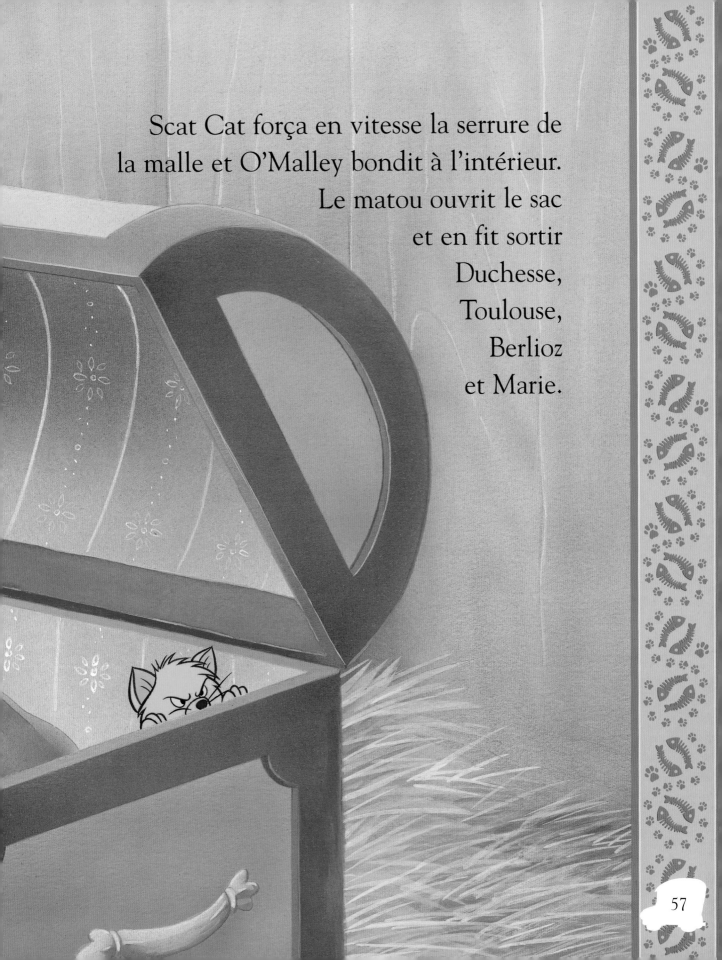

Scat Cat força en vitesse la serrure de
la malle et O'Malley bondit à l'intérieur.
Le matou ouvrit le sac
et en fit sortir
Duchesse,
Toulouse,
Berlioz
et Marie.

Frou-Frou suggéra qu'on enferme Edgar dans la malle. Tout le monde pensa que c'était une excellente idée. Ils le lièrent, le soulevèrent à l'aide d'une poulie et, d'une ruade, Frou-Frou l'envoya dans la malle. Après avoir fermé celle-ci à clé, ils la poussèrent jusque dans la rue, où la compagnie de déménagement viendrait la prendre.

Chapitre 7

Madame de Bonnefamille fut très heureuse de revoir ses chats. Elle versa des larmes de joie, les caressa et les serra dans ses bras. Les chats, eux, ronronnaient de plaisir.

Madame s'aperçut que Duchesse aimait beaucoup O'Malley. Elle lui demanda donc de rester et l'adopta.

Et quelle belle famille cela faisait quand ses cinq chats posaient pour une photographie.

Disney

DUMBO

Chapitre 1

Un matin, un vol de cigognes apparut dans le ciel. Toutes les cigognes lâchèrent leur chargement. Le ciel s'emplit de parachutes transportant des baluchons bleus et roses.

Madame Jumbo était déçue. Il n'y avait pas de baluchon pour elle. Elle songea, en pleurant, qu'elle devrait attendre jusqu'à l'année prochaine.

Pendant que le train, transportant les animaux du cirque, filait à toute vitesse dans la campagne, une silhouette se déplaçait sur le dessus des wagons en criant : « Colis express pour Madame Jumbo ! » En entendant les cris, des éléphantes passèrent leur trompe par une ouverture. « Par ici », lui signala une autre avec sa trompe.

Monsieur Cigogne déposa son lourd
baluchon dans le wagon. Madame Jumbo
déballa le paquet et contempla fièrement
son bébé. Mais le petit éléphant éternua
très fort et secoua la tête en déployant
deux énormes oreilles.

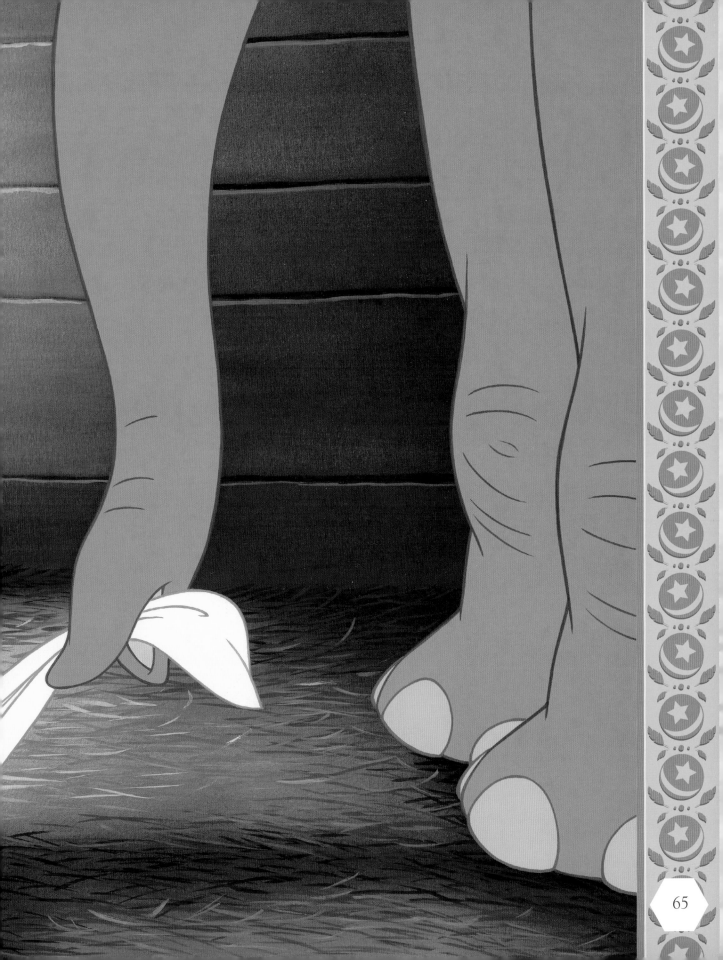

Les éléphantes se moquèrent de ses grandes oreilles. «Nous allons l'appeler Dumbo», dirent-elles. Madame Jumbo ramassa son bébé et s'en alla dans un coin pour consoler son petit.

Chapitre 2

Le lendemain matin, un défilé eut lieu pour annoncer la venue du cirque. Les éléphants fermaient la marche et, en tout dernier, marchait le petit Dumbo. En tenant la queue de sa mère avec sa trompe, Dumbo regardait autour de lui, émerveillé.

Un petit garçon hardi s'approcha de Dumbo et tira sur une de ses oreilles. Dumbo cria de douleur. En entendant son petit, Madame Jumbo accourut pour le protéger, en barrissant de colère.

Mais, comme Madame Jumbo
ne voulait que lui donner une leçon,
elle le menaça avec une balle de foin.
Cependant, l'affolement avait gagné
la foule. S'imaginant que Madame
Jumbo était enragée, on appela
au secours.

Les entraîneurs arrivèrent avec
des cordes, dont ils firent des lassos
qu'ils passèrent autour du cou de Madame
Jumbo. Ils l'enfermèrent
dans un wagon, à l'écart.

Le pauvre petit Dumbo
observait, épouvanté, la scène.
Il se mit à pleurer. Tandis qu'il
sanglotait silencieusement, il sentit
quelque chose chatouiller sa trompe.
C'était une petite souris.

« Je m'appelle Timothée,
dit-elle. Je sais que ta mère a été
enfermée, et je sais aussi que tu
as honte de tes
oreilles. Moi, je
trouve que tu es
formidable. Ces
oreilles vont te
rendre célèbre
un jour. »
Mais Dumbo
ne voulait
pas l'écouter
et il s'éloigna.

73

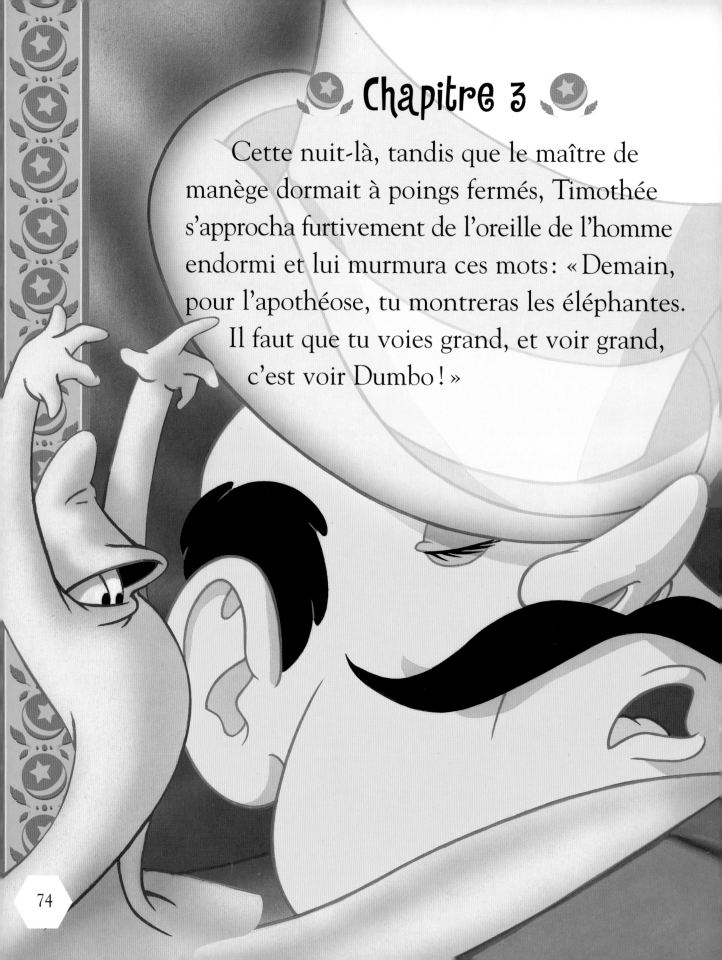

Chapitre 3

Cette nuit-là, tandis que le maître de manège dormait à poings fermés, Timothée s'approcha furtivement de l'oreille de l'homme endormi et lui murmura ces mots : « Demain, pour l'apothéose, tu montreras les éléphantes. Il faut que tu voies grand, et voir grand, c'est voir Dumbo ! »

Le même soir, debout sous le
feu des projecteurs, entouré des
éléphantes en équilibre sur
leurs pattes, Dumbo devait
sauter du trampoline
jusqu'au sommet de
cette montagne
d'éléphantes.

Timothée avait noué les oreilles de
Dumbo pour qu'elles ne le gênent pas.
Dumbo rassembla toute sa bravoure et
arriva en courant sur la grande piste. Les
spectateurs sursautèrent lorsque Dumbo
heurta la balle sur laquelle les éléphantes
se tenaient en équilibre instable.

L'énorme tour formée par les éléphantes s'écroula. Pendant quelques secondes, ce fut une véritable panique. Comme s'il y avait eu un grand vent, la tente se gonfla, puis s'écroula elle aussi.

« Une vedette ! Peuh ! vociférait le maître du manège. Tu n'es qu'un clown maladroit ! Et c'est exactement ce que tu seras, un clown ! »

Chapitre 2

Soir après soir, Dumbo dut faire le bouffon. Les autres clowns lui jetaient des tartes à la crème au visage, tandis que les spectateurs riaient et se moquaient de lui.

« Tout ce qu'il te faut, c'est quelqu'un qui te bouchonne, après quoi tu seras parfaitement en forme », lui dit Timothée en le frottant avec une éponge pour lui enlever son maquillage.

«En plus, j'ai une bonne nouvelle pour toi. J'ai appris où se trouve ta mère. Ce soir à minuit, je t'emmènerai la voir.» Puis, en un clin d'œil, Timothée disparut.

Plus tard, Madame Jumbo vit une petite trompe se faufiler à travers les barreaux. Elle glissa sa trompe entre les barreaux et toucha Dumbo. Les yeux de la mère se remplirent de larmes. «Tu as grandi depuis la dernière fois que je t'ai vu», dit-elle en berçant Dumbo dans sa trompe.

Chapitre 5

Après quelque temps, Timothée se montra et chuchota à Dumbo qu'il était temps de partir. Dumbo commença à se sentir les paupières lourdes et ne tarda pas à s'endormir. Il avait l'impression de voler…

Très tôt le matin suivant, Dumbo se crut encore dans son rêve. Mais il ne rêvait pas et, en se retournant sur le côté, il perdit l'équilibre et dégringola de l'arbre.

Timothée se demandait bien
comment ils étaient arrivés dans l'arbre.
En volant ? Timothée encouragea Dumbo
à essayer de voler. Mais, comme il refusait,
un corbeau lui suggéra de prendre une
plume en lui disant qu'elle était magique.

Lorsqu'ils arrivèrent à la falaise, Dumbo jeta un coup d'œil en bas et recula. Les corbeaux décidèrent de le pousser gentiment. Tous ensemble ils le poussèrent en criant : «Oh ! hisse ! envole-toi ! »

85

Dumbo ferma les yeux et se
mit à battre des oreilles de toutes ses forces.
Au lieu de tomber, il flotta dans les airs.

Dumbo était fou de bonheur. C'était
exactement comme dans son rêve. Il
plongea, puis survola les arbres et les
maisons. Jamais il n'avait éprouvé une telle
sensation de liberté.

Chapitre 6

Au cours de la présentation qui eut lieu plus tard dans la journée, Dumbo fit son numéro habituel du bébé qui se jette dans le vide, avec Timothée perché sur son chapeau.

Cette fois, Dumbo n'eut pas peur. Il portait sa plume magique sur lui. Il prit son élan, mais dans sa joie, il laissa tomber sa plume. Transi de peur, il commença à tomber. C'est alors que Timothée lui cria :

« Cette plume n'a rien de magique. Tu n'en as pas besoin pour voler, Dumbo, tu peux voler tout seul. »

Alors, Dumbo étala ses oreilles et les battit de toutes ses forces. Quand il ne fut qu'à quelques mètres du filet de sécurité, il changea de direction. Au lieu de plonger, il remonta vers le plafond de la tente. Les spectateurs commencèrent à applaudir. Ils n'avaient jamais rien vu d'aussi extraordinaire : un éléphant qui savait voler !

Dumbo est acclamé partout. Mais s'il est un éléphant heureux, c'est surtout parce que sa mère est maintenant libre et qu'ils ne se quittent plus.

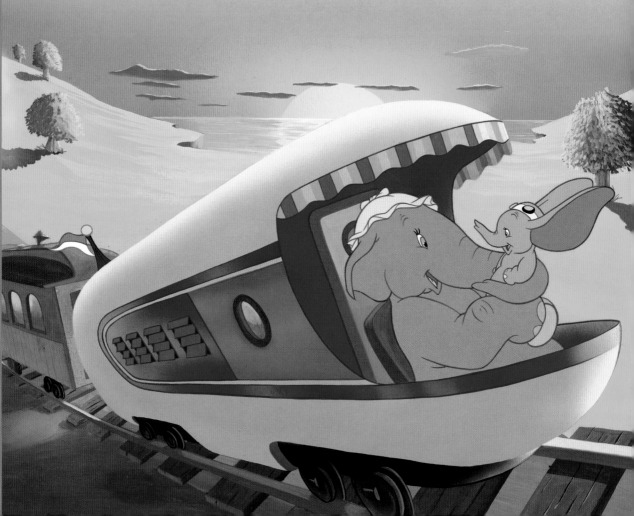

LE
ROI LION

☀ Chapitre 1 ☀

Le soleil s'était levé sur la Terre des lions, et ce jour-là était important entre tous. De partout les animaux arrivaient en grand nombre pour célébrer la naissance de Simba, fils du roi Mufasa et de la reine Sarabi.

Rafiki, le vieux sage, prit le lionceau, et le porta à bout de bras jusqu'au bord du Rocher des lions, qui surplombait la foule assemblée.

Un seul membre de la famille manquait à la cérémonie : Scar, le frère de Mufasa. Zazu, le majordome du roi, lui rappela qu'il aurait dû être le premier à féliciter la mère.

« Le premier ? Parlons-en ! ricana Scar. J'étais surtout le premier dans l'ordre de succession au trône avant la venue de cette boule de poils. »

« Cette "boule de poils" est mon fils, et donc ton futur roi ! » rétorqua Mufasa en déplorant la jalousie de Scar.

Le temps passa. Simba n'était plus un bébé et, un matin, avant l'aube, son père l'emmena sur le Rocher des lions.

« Notre royaume s'étend à tout ce que touche la lumière, dit Mufasa. Un jour le soleil se couchera sur mon règne et se lèvera sur le tien. Tu seras alors le nouveau roi. »

Peu après, Scar vit le lionceau et sauta sur l'occasion pour l'inciter à aller visiter le lieu interdit où se trouvait un mystérieux cimetière d'éléphants.

Simba ne résista pas à l'envie de prouver son courage. Il courut chercher Nala, sa meilleure amie. En galopant et en s'amusant, ils se dirigeaient vers la zone d'ombre lorsque, tout à coup, ils tombèrent sur un énorme crâne.

Alors sortirent du crâne d'éléphant
trois hyènes au rire démoniaque qui
commencèrent à entourer les imprudents
lionceaux. Les hyènes rampaient
maintenant vers leurs proies.

Alors que Simba et Nala perdaient tout espoir, un coup de patte énergique frappa Shenzi, l'envoyant, elle comme ses compagnes, sur le tas d'ossements. C'était Mufasa.

« Ne vous avisez plus jamais de vous approcher de mon fils ! » rugit-il. Les hyènes ne pouvaient se mesurer au roi lion, et elles s'enfuirent, piteuses.

Simba, penaud, suivit son père. Il venait de comprendre qu'il avait commis une grosse bêtise. Le roi lion et son fils contemplèrent les étoiles.

« Les grands rois du passé nous regardent de là-haut. Ils seront toujours là pour te guider… et moi aussi, » dit Mufasa.

Chapitre 3

Bien sûr, Mufasa ignorait ce que
tramait son frère Scar au même moment,
avec la complicité des hyènes. Le marché
était simple : si les hyènes tuaient
Mufasa et Simba, elles auraient
le droit de vivre sur la
Terre des lions.

Le lendemain, Scar entraîna Simba dans une gorge. Il fit signe aux hyènes, elles déclenchèrent la débandade d'un troupeau de gnous.

Mufasa, prévenu par Scar, sauta dans le ravin et arracha de justesse le lionceau à la ruée sauvage. Il le déposa en sécurité sur le replat d'un rocher. Mais, brusquement, il sentit la paroi s'effriter sous ses pattes et lâcha prise pour tomber en contrebas, au milieu du troupeau.

Grièvement blessé, Mufasa essaya d'atteindre le sommet. Scar l'attendait. Il repoussa Mufasa qui tomba sous les sabots meurtriers de la harde.

Lorsque Simba trouva enfin son père, ce fut pour constater qu'il était mort. Simba était éperdu de chagrin devant la dépouille de Mufasa.

Subitement, Scar émergea du nuage de poussière laissé par le troupeau. « Qu'as-tu fait, petit misérable ? Le roi est mort. Sans toi, il serait encore en vie ! Disparais ! Disparais et ne reviens jamais ! » gronda Scar.

Confus et le cœur brisé, Simba s'enfuit à toutes jambes. Blessé et exténué, il avançait péniblement dans le brûlant désert. À un moment, incapable de continuer, Simba s'effondra, évanoui.

Chapitre 2

Quand il se réveilla, une mangouste et un phacochère se tenaient près de lui. « Je m'appelle Timon et voici Pumbaa, dit la mangouste en désignant le phacochère. Écoute notre conseil, petit : oublie le passé, et comme ça, pas de souci ! *Hakuna matata !* »

Les nouveaux amis de Simba
l'invitèrent à partager leur vie. Simba
adopta très vite le mode de vie de ses amis :
il apprit à manger des insectes, à nager
dans la rivière et à jouer toute la journée.
Avec le temps, celui-ci
devint un jeune lion
heureux – sauf
lorsqu'il pensait à
son père.

Un jour, il entendit ses amis crier au secours. Timon tentait de défendre Pumbaa contre une jeune lionne affamée. Simba s'élança…

Il s'ensuivit un sérieux combat, jusqu'à ce que la lionne eût cloué Simba au sol. Puis, les deux adversaires se regardèrent attentivement.

« Nala ? C'est moi… Simba ! » dit le jeune lion.

« Simba ! Tu es vivant ! Nous te croyions tous mort », s'exclama Nala.

Simba et Nala partirent ensemble
dans la jungle. Nala lui expliqua que Scar
et les hyènes avaient détruit la Terre des
lions. Elle lui demanda de revenir les
sauver. Simba refusa. Se croyant responsable
de la mort de son père, il ne pouvait
y retourner.

Cette nuit-là, Simba méditait lorsque le sage Rafiki l'amena au bord d'un étang et lui montra son reflet dans l'eau. Alors, une brise rida la surface de l'eau, et Simba distingua le visage de son père, confondu avec le sien. À cet instant, Simba entendit une voix familière l'appeler par son nom. Il leva les yeux et vit l'image de Mufasa dans le firmament.

« Tu es plus que ce que tu es devenu. Tu dois prendre ta place dans le grand cycle de la vie. Rappelle-toi qui tu es… Tu es mon fils et le seul vrai roi. Rappelle-toi ! » dit Mufasa.

:☼: Chapitre 5 :☼:

Simba se décida à regagner la Terre des lions. À mesure qu'il pénétrait dans son royaume, il ne voyait partout que ruines et désolation. Il ne restait plus rien des grands troupeaux. Les herbages étaient morts.

Tandis que Scar grognait après Sarabi, furieux qu'elle ait osé mettre en doute son autorité, un grand lion lui apparut dans un halo de lumière. Il crut d'abord voir le fantôme de Mufasa.

« Il est temps de me rendre le trône, Scar », dit Simba.

« Je n'abdiquerai pas » répondit Scar sournoisement.

Scar et les hyènes encerclèrent rapidement Simba, l'acculant jusqu'au bord de la falaise, où il dut se cramponner désespérément.

« Cette scène me rappelle quelque chose. Mais quoi ? Ah oui, tu as le même air que ton père juste avant de mourir… juste avant que je le tue ! » ricana Scar en regardant Simba.

Simba connaissait enfin la vérité, et sa colère lui donna la force de bondir sur son oncle. Scar demanda pitié.

Il se jeta sur Simba, mais celui-ci s'écarta et Scar fit une chute vertigineuse. Alors que la pluie commençait à tomber, Simba poussa un rugissement de triomphe.

Après quelque temps, les animaux se
rassemblèrent encore une fois pour
célébrer une nouvelle naissance royale.

LES
101
DALMATIENS

 Chapitre 1

Il était une fois
un dalmatien qui
s'appelait Pongo.
Il vivait à Londres
avec son maître, Roger.

Roger était un
auteur-compositeur
célibataire qui menait
une vie sans soucis,
tout comme Pongo…
jusqu'à un certain
jour de printemps.

Pongo regardait par la fenêtre lorsqu'il aperçut le plus beau dalmatien femelle qu'il avait jamais vu ! Elle marchait en direction du parc avec sa maîtresse. Pongo sut aussitôt qu'il formerait un couple parfait avec la jolie dalmatienne. Il était temps, pour les deux célibataires de changer de vie, décida Pongo.

Pongo saisit sa laisse et aboya jusqu'à ce que Roger accepte de l'amener au parc. La dame et l'autre dalmatien étaient assis au bord d'un étang, mais Roger les remarqua à peine.

124

Pour s'approcher de la chienne avant qu'elle parte, Pongo entortilla sa laisse autour des maîtres jusqu'à ce qu'ils soient complètement emmêlés. Soudain, Roger et la dame perdirent l'équilibre et tombèrent dans l'étang avec un grand plouf! Lorsqu'ils sortirent de l'eau, Pongo, soulagé, vit qu'ils riaient tous les deux et qu'ils se souriaient.

✦⋅◉🦴 Chapitre 2 🦴◉⋅✦

Tout comme Pongo l'avait espéré,
tous tombèrent amoureux. Bientôt, Roger
et Anita se marièrent. Sur le
parvis de l'église, Pongo et
Perdita se promirent de
toujours rester ensemble.

Anita et Perdita déménagèrent dans la maison de Roger avec Nanny, la gouvernante. Le temps passa et bientôt Perdita eut des petits chiots, par une nuit orageuse de novembre. Pongo attendait derrière la porte, se demandant combien de chiots allaient naître. « Quinze chiots ! » annonça Nanny.

Pongo était fou de joie ! Mais un des chiots semblait inerte. Roger ramassa le pauvre chiot et le frotta doucement. Lentement, les yeux du chiot s'ouvrirent. Il allait bien, maintenant !

C'est alors qu'une méchante femme du nom de Cruella D'Enfer arriva. C'était une amie d'école d'Anita, riche et gâtée. Elle entra dans la maison comme un ouragan, secouant son stylo et son carnet de chèques.

De l'encre éclaboussa le visage et les habits de Roger. Elle exigea que Roger lui vende tous les chiots.

« Ils ne sont pas à vendre, dit Roger fermement. Pas un seul ! »

Tout le monde fut très fier de Roger,
car il n'avait pas cédé. C'était un
temps heureux. Chaque jour, les chiots
grandissaient et devenaient plus forts.
Bientôt, des taches apparurent sur
leur pelage.

Ils mangeaient leur nourriture préférée, des croquettes pour chien, et regardaient leur héros Thunderbolt à la télévision. L'émission finie, Nanny bordait les chiots dans leur panier pendant que Pongo et Perdita partaient se promener avec Roger et Anita.

☸ Chapitre 3 ☸

Une nuit, deux hommes à la mine suspecte frappèrent à la porte. «Nous travaillons pour la compagnie d'électricité», mentirent-ils. Ils s'appelaient Horace et Jasper. Cruella les avait envoyés voler les chiots. Nanny essaya de les en empêcher, mais les voleurs s'enfuirent avec tous les chiots.

Alors que les humains faisaient appel à la police, les chiens passaient à l'action. Ils propagèrent leur terrible nouvelle grâce à « l'aboiement crépusculaire », une version canine du téléphone. Les chiens de la ville aboyèrent le message d'un pâté de maisons à un autre jusqu'à ce que la nouvelle gagne leurs cousins à la campagne. Tous les chiens étaient maintenant à la recherche des chiots volés.

Enfin, le message arriva jusqu'à Colonel, un vieux chien de berger, Capitaine, un cheval, et Sergent Tibbs, un chat. Sergent Tibbs dit avoir entendu des chiots aboyer dans la maison voisine, qui était abandonnée… Un endroit qui appartenait à Cruella !

Sergent Tibbs se faufila dans la maison. Il eut le souffle coupé lorsqu'il découvrit… 99 dalmatiens! L'esprit vif, il cacha les chiots sous l'escalier.

Quelques instants plus tard, Horace et Jasper vinrent chercher leurs captifs. C'est alors que les chiots apprirent ce que Cruella voulait vraiment… soit utiliser le pelage des chiens pour faire des manteaux de fourrure!

Heureusement, Pongo et Perdita
arrivèrent juste à temps ! Montrant les
dents et grognant, ils se battirent contre
Horace et Jasper pendant que Sergent
Tibbs faisait sortir les chiots de la maison.

Chapitre 4

Lorsque Pongo et Perdita apprirent le plan odieux de Cruella, ils n'hésitèrent pas à sauver les 99 chiots. Une violente tempête de neige se déchaîna et les dalmatiens furent obligés de courir dans la neige et la glace.

« Dépêchez-vous ! » cria Pongo. La nuit tombée, ils trouvèrent de la nourriture et s'abritèrent dans une étable à vaches laitières. Le lendemain, ils firent la connaissance d'un sympathique labrador qui leur apprit qu'un camion de déménagement partirait bientôt pour Londres. Le camion était stationné dans la rue, mais avant que les dalmatiens aient eu le temps d'y monter, Cruella arriva. Elle battait la campagne à la recherche des dalmatiens.

Quelques chiots avaient joué dans la
suie noire et étaient très sales. Pongo eut
alors une idée. « Roulons-nous tous
dans la suie, dit-il, nous aurons l'air de
labradors ! » Pongo et Perdita aidèrent les
chiots, maintenant complètement noirs,
à traverser la rue un par un.

Le plan fonctionnait. Mais alors que Lucky, le dernier chiot, atteignait le camion, l'eau de la neige qui fondait l'éclaboussa. Elle lava la suie et laissa apparaître le pelage blanc tacheté de noir de Lucky! Cruella vit Lucky, mais le camion démarra avant qu'elle puisse l'arrêter.

« Suivez le camion ! » cria Cruella à
Horace et à Jasper. Ils sautèrent dans une
voiture pendant que Cruella sautait dans
une autre. Cruella conduisit comme une
folle sur les routes sinueuses.

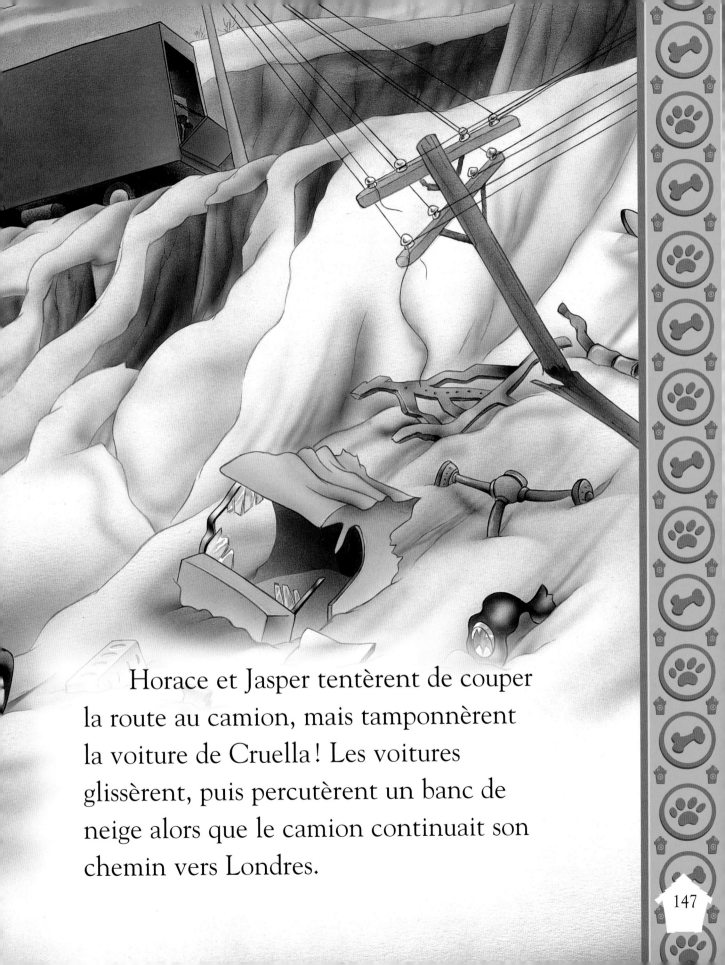

Horace et Jasper tentèrent de couper la route au camion, mais tamponnèrent la voiture de Cruella ! Les voitures glissèrent, puis percutèrent un banc de neige alors que le camion continuait son chemin vers Londres.

147

Chapitre 5

Bientôt, les chiots arrivèrent sains et saufs chez Roger. Nanny était heureuse de revoir les chiens. « Un, deux,... compta-t-elle en les époussetant. Quatre-vingt-dix-neuf... cent un dalmatiens ! »

Roger, tout content, chanta une chanson qu'il avait écrite sur l'achat d'une grande maison à la campagne où ils pourraient tous vivre. Et c'est exactement ce qu'ils firent.

❀🦋 Chapitre 1 🦋❀

C'était le premier jour du printemps et la forêt était animée d'une curieuse agitation. Les animaux bondissaient, volaient et filaient pour voir le prince nouveau-né, un faon nommé Bambi.

Les animaux de la forêt regardaient
Bambi qui essayait de se tenir debout
pour la première fois. Il fit quelques pas
mal assurés, oscillant sur ses longues
jambes maigres, puis tomba sur son
postérieur. Tous les animaux gloussèrent.

Bientôt, Bambi fut capable de marcher avec sa mère. Il regarda, émerveillé, les animaux de la forêt. Il remarqua d'étranges animaux suspendus à une branche par leur queue. Ils avaient l'air renfrogné, mais lorsque Bambi mit sa tête à l'envers, il s'aperçut alors qu'ils lui souriaient ! « Bonjour, jeune prince ! » dirent les opossums d'un ton enjoué.

Plus tard, Bambi entendit un bruit qui ressemblait à un coup. Lorsqu'il regarda autour de lui, il aperçut un petit lapin qui frappait sa patte arrière d'excitation. «C'est pour ça qu'on m'appelle Pan-Pan!» dit le lapin. Bambi et Pan-Pan devinrent bientôt amis.

Il apprit au faon le nom de tous les animaux. Bambi et Pan-Pan marchaient dans un champ de fleurs sauvages. Bambi se pencha pour renifler les fleurs qui sentaient bon. «Ce sont des fleurs», dit Pan-Pan.

Bambi remarqua un animal au pelage blanc et noir qui se cachait dans les fleurs. « Une fleur ! » s'écria Bambi. Pan-Pan se mit à rire.

L'animal était une mouffette, expliqua-t-il, et non une fleur. Mais la mouffette aima son nouveau nom.

En peu de temps, Bambi, Pan-Pan et Fleur devinrent les meilleurs amis. Chaque jour apportait son lot de surprises. Dans la prairie, Bambi rencontra Faline, une jolie petite biche aux yeux bleus. Bambi était timide, car il n'avait jamais rencontré une petite biche auparavant. Faline le taquina en gloussant et en lui donnant des baisers.

159

Bientôt, Bambi se mit à la poursuivre gaiement dans la prairie. Il y avait plein de cerfs dans la prairie. Bambi admirait les cerfs adultes. Ils sautaient par-dessus les rochers comme s'ils volaient ! Soudain, les animaux se turent et restèrent immobiles. Un cerf majestueux marcha à travers la prairie. D'énormes bois étaient posés sur sa tête comme une couronne.

Bambi se sentit petit et humble lorsque
le puissant cerf se retourna pour le regarder.
« De tous les cerfs de la forêt, il est le plus
sage et le plus brave, expliqua la maman
de Bambi. C'est pour cela qu'on le
surnomme le Grand prince
de la forêt. »

Chapitre 2

L'été fit place à l'automne et les jours devinrent plus froids. Un matin, Bambi se réveilla et découvrit que tout était blanc. La mère de Bambi sourit et lui expliqua que c'était de la neige.

Plus tard, Bambi et
Pan-Pan découvrirent
un étang gelé. «Regarde
ce que je peux faire ! » dit
le lapin en glissant sur la
glace. Bambi courut rejoindre Pan-Pan.
Zoom ! Bambi glissa et tournoya sur la
glace jusqu'à ce que ses jambes se
dérobent sous lui et qu'il tombe.
Pan-Pan gloussa
tout en l'aidant à
se relever.

L'hiver fut long. Il n'y avait pas grand-chose à manger et la maman de Bambi dut arracher l'écorce des arbres pour se nourrir. Enfin, le temps se réchauffa et le soleil brilla plus fort. « Bambi, regarde ! s'écria sa mère, de l'herbe printanière ! » Tout content, le faon grignota l'herbe fraîche.

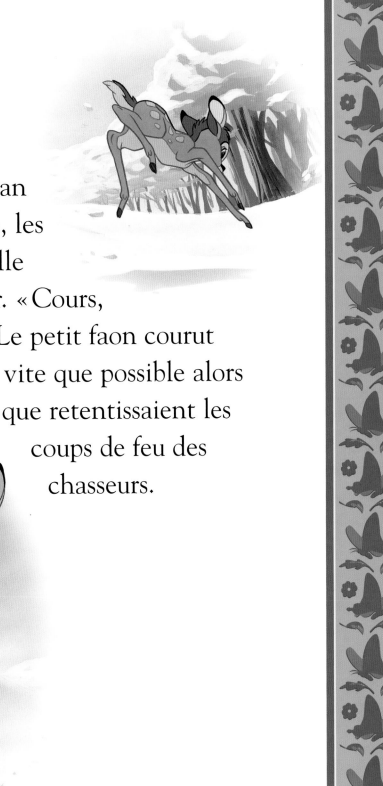

Soudain, la maman de Bambi leva la tête, les oreilles aux aguets. Elle pressentait un danger. «Cours, Bambi!» cria-t-elle. Le petit faon courut aussi vite que possible alors que retentissaient les coups de feu des chasseurs.

Lorsque, effrayé, il arriva à la lisière de la prairie, il chercha des yeux sa mère. Elle était introuvable. Il se trouva par contre nez à nez avec le Grand prince. « Ta mère ne peut plus être avec toi », dit-il gravement. Bambi baissa la tête et pleura. « Viens, mon fils », dit le puissant cerf d'un ton apaisant. Sans un mot, Bambi suivit son père dans la nuit.

Chapitre 3

Une année s'écoula avant que Bambi revienne sur les lieux de son enfance. Fier, il tenait ses bois hauts et marchait sur ses pattes robustes. «Bonjour, Bambi. Tu te souviens de moi?» demanda un lapin à la voix grave. Il frappa sa patte arrière en souriant. À ses côtés, la tête d'une mouffette surgit parmi les fleurs sauvages. Bambi était ravi de revoir Pan-Pan et Fleur!

Les amis
regardèrent deux oiseaux
qui se poursuivaient bruyamment dans le
ciel. «Qu'est-ce qu'ils ont, ces deux-là?»
demanda Fleur. «Ils ont des oiseaux dans
la tête», répondit un oiseau savant
nommé Hibou. C'était sa manière à
lui de dire qu'ils étaient amoureux.
Il dit à Bambi, à Pan-Pan et à
Fleur qu'à leur tour ils
tomberaient
amoureux.

Les amis ne pensaient pas être capables d'agir aussi bizarrement. Néanmoins, lorsque Pan-Pan entendit une lapine au doux pelage chanter, il se mit à frapper sa patte arrière de manière incontrôlable. À la vue d'une femelle mouffette, Fleur se sentit tout gêné et son visage rougit.

« Bonjour, Bambi », dit une superbe biche. Les yeux bleus de Faline plongèrent dans les siens. Paniqué, Bambi fit un pas en arrière, mais ses bois restèrent coincés dans la branche d'un arbre. Faline l'embrassa tendrement. Soudain, Bambi eut l'impression de bondir dans les nuages !

Un jeune cerf nommé Ronno interrompit les joyeuses pensées de Bambi. Ronno voulait Faline pour lui. Il tenta de séparer Faline de Bambi. « Bambi ! » cria Faline effrayée. Bambi n'avait aucune intention de laisser cette brute lui voler Faline ! Les bois baissés, il chargea le cerf. Ronno était fort, mais Bambi était plus fort encore. D'un coup puissant, il fit rouler Ronno au bas de la côte. Faline se blottit tendrement contre son héros.

Chapitre 2

Plus tard cette nuit-là, Bambi flaira un danger. Prudemment, le jeune cerf chercha la source du danger. Bambi arriva jusqu'au bord d'une falaise. Au loin, un feu s'était déclaré et la fumée remplissait le ciel.

«C'est un homme», dit une voix derrière lui. C'était le Grand prince. «Nous devons nous enfuir au plus profond de la forêt. Vite!»

Bambi le suivit, puis se souvint de Faline. Des chiens de chasse aboyaient au loin et Bambi entendit Faline crier à l'aide. Il fit vite demi-tour pour la protéger. Bambi se battit contre les chiens pendant que Faline s'échappait.

Bambi la suivit ensuite. Alors qu'il faisait un énorme bond dans les airs, il entendit un coup de fusil. Une balle le blessa et il tomba de douleur. Il ne pouvait pas se relever. Le mur de feu se rapprocha. Le Grand prince apparut. « Lève-toi, Bambi ! » l'encouragea-t-il. Péniblement, Bambi se releva et courut. Le feu était sur le point de le cerner. Pris de peur, Bambi courut plus vite. Le Grand prince guida son fils à travers les flammes menaçantes jusqu'en lieu sûr.

    Bambi retrouva Faline. Heureux d'être en vie, le cerf l'embrassa.

Bientôt, les belles journées du printemps arrivèrent. Une fois de plus, les animaux de la forêt se précipitèrent à la clairière du bois pour souhaiter la bienvenue aux nouveaux arrivés. Entre les longues pattes de Bambi et de Faline, se trouvaient deux faons nouveau-nés. Il n'y avait pas de cerf plus heureux et plus fier que Bambi.

Dans la même collection :

www.phidal.com